INHALT

ICH HEISSE NEZU.

DAS GANZE FING DAMIT AN ...

ZUM DANK MÖCHTE ICH IHNEN EINEN WUNSCH ERFÜLLEN.

ZUM DANK MÖCHTE ICH IHNEN EINEN WUNSCH ERFÜLLEN.

DIE MAUS ... SPRICHT!

IN DEN LETZTEN TAGEN HABE ICH NÄMLICH GAR NICHTS IN DEN MAGEN BEKOMMEN!

FAHRKARTEN

... DER GANZE STRESS IN DER FIRMA DURCH DEN KOPF, DEN ICH IN LETZTER ZEIT GEHABT HATTE.

IN DEM MOMENT GING MIR ...

EINEN WUNSCH?!

... SAGTE ICH ZU DER MAUS.

ICH MÖCHTE MEINE SOZIALE ANGST ÜBERWINDEN.

KLICK

SCHWEIGEN

KLICK

SASAKI LEBENSMITTEL

ICH KONNTE DOCH NICHT AHNEN ...

KLICK

... DASS DABEI EIN SOLCHER EINSATZ VON MIR GEFORDERT WÜRDE ...

Versuch doch mal, die Person neben dir anzusprechen. "Was machst du so am Wochenende?"

KLICK

EHRLICH, ICH HASSE ES, WENN MAN MICH ANSPRICHT UND DANN NICHT WEITERREDET!

ACH, NICHTS.

E-ES TUT MIR LEID ...

VIELLEICHT FINDET TAKANASHI-SAN ...

SCHRECK

... SMALL-TALK JA SCHRECK-LICH ...!

ÄHM, TAKANASHI-SAN ...

NANU?

KLACK

JETZT WEISST DU, WIE MEINE PHOBIE AUSSIEHT.

KOMIYA-SAN!

VER-STEHE.

HAH ...

WIE WEIT IST SIE DAMIT GEKOM-MEN?

ICH HABE TAKANASHI-SAN DARUM GE-BETEN, UNSERE DATENBANK ZU UPDATEN.

ZOOM

ÄH ... MAKA-SE-SAN AUS ...

... DEM VER-TRIEB ...

DIE FRAU MACHT MIR ANGST. ICH KANN SIE NICHT EINFACH FRAGEN!

AUF KEINEN FALL.

ÄH-ÄHM, VIELLEICHT KÖNNTEN SIE SIE DIREKT ...

BITTE WER-DEN SIE NICHT BÖSE!

SIE SIND IN DERSELBEN ABTEILUNG, SIE WISSEN DAS DOCH BESTIMMT!

ICH WEISS ES NICHT!

GEBEN SIE MIR DOCH BITTE AB UND ZU BESCHEID, WIE SIE VO-RANKOMMT, OKAY?

WIE KOMMEN SIE MIT IHRER DERZEITIGEN AUFGABE VORAN?

ÄHM ...

„Weil ich vorhin jemanden aus dem Vertrieb getroffen der mich danach gefragt hat!"

W-WEIL ICH EBEN JEMAN-DEN ...

WARUM MACHEN SIE SICH GEDANKEN DARUM, WIE ICH VORANKOMME?

ÄH! AH! A-ALSO ...

HÄ? WIE ICH BE-REITS SAGTE, KOMIYA-SAN ...

N-NEIN, ES WAR DOCH NICHT SO WICHTIG ...

WO-RÜBER REDET IHR?

SCHRECK

DANN WIRD SIE ABER VIELLEICHT FRAGEN, WARUM ...

... MAKASE-SAN NICHT DIREKT ZU IHR KOMMT UND SICH ERKUNDIGT!

CANDY CHEESE*!!

MÖCHTEST DU AUCH ETWAS CANDY CHEESE?

DIE MITTAGSPAUSE IST GLEICH VORBEI.

*KÄSE VERPACKT WIE EINE SÜSSIGKEIT

MAN SIEHT ES MIR VIELLEICHT NICHT AN, ABER ICH BIN EIN FEINSCHMECKER!

MIKROWELLE?

GIBT ES HIER EINE MIKROWELLE?

**VORSICHT: JE NACH MIKROWELLE UND KÄSE KANN DER KÄSE AUCH ANBRENNEN!

... UND LEGT IHN BEI 500 WATT FÜR 8 MINUTEN IN DIE MIKROWELLE**.

BIEP!

GNH

MAN SCHNEIDET DEN KÄSE IN DER MITTE DURCH ...

VUOOOMM

WÄH!

ER SCHMILZT UND BLÄHT SICH AUF!

DAS RIECHT ABER GUT!

TOLL ...

ER IST AUSSEN KNUSPRIG GEWORDEN ...

KULLER

KULLER

BRUTZEL

HAPP

PROBIER MAL, WENN DU MAGST!

V- VIELEN DANK!

KRICKS

KRICKS

HÖRT SICH CRUN-CHY AN ...

KNUSPER

FLRRR

IRGENDWIE HABE ICH DAS GEFÜHL, ICH HABE NOCH MAL KRAFT FÜR DEN NACHMITTAG!

FIGHT!!

WENN MAN DEN KÄSE IN DER MIKROWELLE ERHITZT, KANN MAN GANZ VERSCHIEDENE KONSISTENZEN ERZIELEN!

LECKER!!

ぬっ
NUPP

UND? WIE SIEHT ES AUS? GAB ES FORTSCHRITTE?

... UND WEN SEHE ICH: KOMIYA-SAN!

NANU? DA WERDE ICH DURCH DIESEN LECKEREN KÄSEDUFT ANGELOCKT ...

MAKASE-SAN?!

HÜPF

FLÜSTER
DENK DRAN, DU DARFST ABLEH-NEN!
ICH SAGE NEIN!!
SONST MACHE ICH GLEICH ZWEI MENSCHEN SCHERE-REIEN!!
SELBST WENN ER ANFÄNGT ZU WEINEN!!
ICH SAGE NEIN!!
SELBST WENN ER MICH VON NUN AN IGNORIERT!
PFF!
ICH SAGE NEIN!!
SELBST WENN AN MEINER STELLE JEMAND ANDERES ZUM OPFER WIRD ...
... UND WIE ICH ZWISCHEN ZWEI STÜHLEN STEHT ...
DAS KANN ICH DOCH NICHT ...

OH ... HIER DUFTET ES ABER GUT NACH KÄSE ...

SIE WISSEN DOCH ...

... ICH HABE ANGST VOR TAKANASHI-SAN!

ICH KANN SIE NICHT STÄNDIG FRAGEN, WIE DER STAND IST!

ODER HABEN SIE AUCH ANGST VOR IHR UND KÖNNEN SIE NICHT FRAGEN?

ALSO ZÄHLE ICH AUF SIE, KOMIYA-SAN!

... ICH MACHE MIR SO VIELE GEDANKEN UND NA JA ...

AHA ... SIE SIND JA SELTSAM ...

HA... HAHA...

NEIN, ICH WÜRDE SIE GERNE FRAGEN, WAS SIE AM WOCHENENDE MACHT, ABER ...

ICH HABE ALLES GEHÖRT!

YES, MAM!

UND SIE, KOMIYA-SAN ...

... MA-CHEN SIE DEN MUND AUF!

ALSO, ICH MUSS DANN MAL ...

YES, MAM!

MAKASE-KUN ...

... WENN SIE MICH ETWAS FRAGEN WOLLEN, DANN KOM-MEN SIE DIREKT ZU MIR!

YES, MAM!

... MÜSSEN SIE MITLÄS-TERN, SONST ÜBERLEBEN SIE IN KEINER FIRMA.

KLACK

NOCH WAS ...

WENN SOWAS VOR-KOMMT ...

NEZU-SAN, ICH HABE NICHT DAS GEFÜHL, DASS ICH MEINE SOZIALE ANGST IN DEN GRIFF KRIEGE.

GEDULD! EIN SCHRITT NACH DEM AN-DEREN!

WIE-DERSE-HEN!

KAPITEL 1 ENDE

BIS ZU WELCHEM GRAD MUSS MAN SOLCHE ANHALTENDEN GERÄUSCHE WOHL AUSHALTEN?

DA WIR TÜR AN TÜR WOHNEN, SOLLTEN WIR VIELLEICHT MAL IN DIE WOHNUNG DER JEWEILS ANDEREN GEHEN UND UNS SELBST EIN BILD MACHEN?

KRACH

RUMPEL

JA ...

ICH HABE DIE HAUSVERWALTUNG TATSÄCHLICH MAL ANGERUFEN, ABER SEITDEM HABEN LEDIGLICH DIE PARTYS AUFGEHÖRT ...

DURCH DAS GEPOLTER KANN MAN ZWAR NICHT VERSTEHEN, WAS GEBRÜLLT WIRD, ABER ...

... DU HAST AUF JEDEN FALL EIN LÄRMPROBLEM MIT DEINER NACHBARIN.

WAAAS?!

DAS IST ES!

SCHNIPS

ALS PERSON MIT SOZIALPHOBIE IST MEIN NATÜRLICHER FEIND ...

AH!

HE!

BIS SPÄTER!

ABER DEINE NACHBARIN ...

D-DAS IST UNMÖGLICH, NEZU-SAN!

KLACK

ICH HABE DIR DOCH VERSPROCHEN ...

SO GEFÄHRLICH IST DIESE OPERATION?!

WENN DU DEN EINDRUCK HAST, DASS DIE KATZE MICH FRESSEN WILL, ZIEHST DU BITTE DARAN.

U-UND DIESER FADEN ...?

... DASS ICH DIR DEINEN WUNSCH ERFÜLLE.

AH!

NEZU-SAN!

ABER ... NUR WEGEN EINER EINZIGEN JEL-LY BEAN MUSS ER DOCH NICHT ...

TAPP

TAPP

FLITZ

NE-NEZU-SA ...

VERBEUG

PFF

DARF ICH MICH VOR-STELLEN? MEIN NAME IST NEZU.

ICH BIN HEUTE ZU IHNEN GEKOMMEN, WEIL ICH EINE BITTE AN SIE HABE.

NATÜRLICH WERDE ICH MICH DAFÜR AUCH ERKENNTLICH ZEIGEN.

BADUMP

BADUMP

... BITTEN, MIT MIR IN DIE BENACHBARTE WOHNUNG ZU KOMMEN.

UND ZWAR MÖCHTE ICH SIE AUS VERSCHIEDENEN GRÜNDEN ...

NA GUT ...

KATZENLECKERLI!

DANN VIELLEICHT THUNFISCH?

SCHWEIGEN

SCHWEIGEN

SCHWEIGEN

WIE WÄRE ES ...

... MIT GEKOCHTEM HÜHNERFILET?

WAS?!

ZUCK

... MÖCHTEN SIE VIELLEICHT ...

DANN SIND WIR UNS EINIG, NICHT WAHR? BITTE HIER ENTLANG ...

... EINMAL VON MIR PROBIEREN?

SCHLECK

KEINE SORGE. ICH BIN ZIEMLICH ÜBERZEUGT ...

TAST

TAST

UND WENN ICH NICHT HERUMLAUFE UND DAMIT IHREN INSTINKT WECKE, WIRD SIE MICH AUCH NICHT VERFOLGEN.

... SATTESSEN KANN, HÖCHSTWAHRSCHEINLICH NICHT DIE MÜHE MACHT, EINE MAUS ZU FRESSEN.

... MIT BESTEM DOSENFUTTER UND KATZENLECKERLIS ...

... DASS SICH EINE HAUSKATZE, DIE SICH TAGAUS, TAGEIN ...

PATT

DINGDOOOOONG

SCHRECK

ABER HIERMIT HABE ICH NICHT GERECHNET ...

WIE SÜSS ...

TAPP

TAPP

BUBB

BUBB

NE-NEZU-SAN, WAS SOLL ICH TUN ...

ICH HATTE WIRKLICH ANGST!

DER NATÜRLICHE FEIND EINER MAUS IST SCHLIESSLICH DIE KATZE ...

... UND AUCH WENN ICH VON MEINER THEORIE ÜBERZEUGT WAR, GRUSE-LIG WAR ES TROTZDEM.

29

ICH HEISSE NATSUHORI, ICH BIN IHRE NACHBARIN.

IST MEINE KATZE ZU- FÄLLIG BEI IHNEN?

ÄHM ...

S-SEHR ER- FREUT! ICH BIN SHOKO KOMIYA.

HÄ?!

STOPP MAL, IST DAS ETWA MEIN FERNSE-HER?!

IST LAUT-STÄRKE 30 WOMÖGLICH ZU VIEL?!

ICH HAB IMMER MIT MEINER OMA ZUSAMMEN GEGUCKT, DARUM ...

SO LAUT HÖRT MAN DAS HIER?!

BEI IHR ...

O JE ...

... ES TUT MIR WIRKLICH LEID ...

PATSCH

BITTE ENT-SCHULDIGEN SIE! ICH BIN AUF DEM LAND AUFGEWACH-SEN, DARUM SPRECHE ICH AUCH IMMER SEHR LAUT ...

WO...

WOLLEN WIR VIELLEICHT IN UNSEREN WOHNUNGEN AUSPROBIEREN, AB WELCHER LAUTSTÄRKE MAN DEN FERNSEHER HÖRT?

GNH

ÄHM...

... WEIL ICH ANDEREN NICHT ZUR LAST FALLEN WILL, ABER...

NORMALERWEISE WÜRDE ICH MICH NICHT TRAUEN, ETWAS ZU SAGEN...

HÄ?!

... BEI IHR WOLLTE ICH GERNE WISSEN, WIE SIE REAGIERT.

SIND SIE EIN ENGEL?!

OH, ELLI, WIE KRASS SÜSS IST DAS DENN BITTE...!

HAST DU EINE NEUE PLÜSCHMAUS GEFUNDEN?

FRÖSTEL

FRÖSTEL

EINEN GESUNDEN UMGANG MIT IHREN SOZIALEN ÄNGSTEN ZU FINDEN

ICH BEGLEITE SHOKO KO-MIYA-SAN, UM IHR DABEI ZU HELFEN

HÜPF

DARF ICH MICH VOR-STELLEN? MEIN NAME IST NEZU.

WIESO KANNST DU SPRE-CHEN?!

BIS BALD!

DANACH KAM ELI-SABELLE NEZU-SAN HÄUFIG BE-SUCHEN.

IIIIIH! EINE MAUS!

KAPITEL 2 ENDE

I-ICH GEHE SCHON MAL VOR ZUM RESTAURANT.

JA, SCHÖNEN FEIERABEND.

HEUTE IST EIN EXTREM FURCHTERREGENDER TAG FÜR EINEN MENSCHEN MIT SOZIALPHOBIE.

SASAKI LEBENSMITTEL

ICH ESSE ERST NOCH EIN ONIGIRI*, WEIL ICH MIT LEEREM MAGEN SONST SCHNELL BETRUNKEN WERDE ...

RATSCH

MAYONNAISE

THUNFISCH

VIELEN DANK!

*GEFÜLLTES REISBÄLLCHEN   **HAUSMANNSKOST   ***HEIMAT

... UND DANACH ZIEHE ICH IN DEN KAMPF.

ZAMM

MEIN COACH NEZU-SAN HAT MIR DIE ENTSPRECHENDEN BENIMMREGELN BEIGEBRACHT ...

INTERESSANT...!

... NICHT ANGEGRIFFEN WERDEN KONNTE, WENN EINE GEFÄHRLICHE PERSON IN DEN RAUM EINDRANG.

IN DER VERGANGENHEIT DIENTE DAS DEM ZWECK, DASS DER LEHNSHERR ...

DIE ETIKETTE BEI DER SITZORDNUNG SCHREIBT VOR, DASS DER VORGESETZTE DEN AM WEITESTEN VON DER TÜR ENTFERNTEN EHRENPLATZ AM ENDE DES TISCHES BEKOMMT.

ICH HABE MICH FÜR DIESEN TAG EXTRA VORBEREITET.

IM GESPRÄCH SIND AKTUELLE TV-SERIEN SICHER EIN UNGEFÄHRLICHES THEMA.

... UND ICH HABE GEÜBT ...!

BIEP

AUF KEINEN FALL NACH HINTEN SETZEN!!

DER VORGESETZTE HINTEN IM RAUM! ICH AN DER TÜR!

GUT, GEHEN WIR ES NOCHMAL DURCH! WIE IST DIE SITZORDNUNG BEI EINER FIRMENFEIER?

FLÜSTER

IST DOCH TOLL, DASS DEINE FIRMA NICHT AN ALTEN BENIMMREGELN FESTHÄLT!

DAFÜR KANNST DU NICHTS!

IHR WURDET JA AUFGEFORDERT, EUCH IN DIESER REIHENFOLGE HINZUSETZEN!

WIE BEFÜRCHTET SITZT SIE AUF DEM EHRENPLATZ ...

... UND MACHT BEREITS EIN VOLLKOMMEN EINGESCHÜCHTERTES GESICHT.

NEZU-SAN ...

...

... MICH AUF DEN EHRENPLATZ ZU SETZEN?

WERDEN MEINE KOLLEGEN NICHT DENKEN, DASS ES UNVERSCHÄMT VON MIR IST ...

PROST!

SO, DANN SIND WIR JA ALLE VOLLZÄHLIG!

HIERMIT IST UNSERE FIRMENFEIER ERÖFFNET!

ABER ES GIBT DOCH AUCH LEUTE, DIE KEINE ZITRONE DARAUF MÖGEN, ODER?!

O-ODER DOCH NICHT? MIR IST ES EGAL ...

ICH MACH EIN BISSCHEN ZITRONE AUF DAS FRITTIERTE HÜHNCHEN, JA?

O NEIN ... UNSER ABTEILUNGSLEITER IST DOCH LINKSHÄNDER! AUF DEM PLATZ WIRD ES FÜR IHN SCHWIERIG ZU ESSEN ...

WENN SIE DIE BEIM AUSEINANDERBRECHEN SO HÄLT, KRIEGT IHR SITZNACHBAR SPLITTER AB ...!

AH! DIE WEGWERFSTÄBCHEN!

H-HIER!

WER HATTE LEMON SOUR?

... UND NEIGEN DAHER AUCH DAZU, SCHNELL ZU ERMÜDEN, ABER ...

NERVÖS

SCHWITZ

MENSCHEN MIT EINER SOGENANNTEN SOZIALEN ANGSTSTÖRUNG HABEN EIN ALLZU FEINES GESPÜR FÜR DIE GEFÜHLE ANDERER MENSCHEN ...

SIE HAT MICH ANGESPROCHEN!!!

ÄHM ... KOMIYA-SAN, WAS TRINKEN SIE DA?

LE-LEMON SOUR.

ICH VERTRAGE ALKOHOL NICHT SO GUT, DESHALB HABE ICH ETWAS GENOMMEN, DAS NACH ZITRONENLIMO KLANG, ABER ....

... DAS IST ETWAS VÖLLIG ANDERES! ES IST REINER ALKOHOL ....!

BITTER!

ÄH ... JA!

AH ... SIEHT LECKER AUS, NICHT WAHR?

WAS IST DA WOHL DER UNTERSCHIED ...?

HAHA ...

ICH HÄTTE SIE FÜR DEN WHITE RUSSIAN-TYP GEHALTEN!

NA SO-WAS, SIE TRINKEN LEMON SOUR?

SIE WILL TAKTVOLL SEIN!

ICH GEHE MAL AUF DIE TOILETTE.

...

STILLE

... ALS IHR GETRÄNK ZU TRINKEN. WEIL ES IHNEN ABER SCHWERFÄLLT, UM NACHSCHUB ZU BITTEN, NIPPEN SIE IMMER NUR, DAMIT IM GLAS EIN KLEINER REST ZURÜCKBLEIBT.

AHA ...

BEI MENSCHEN MIT SOZIALER ANGST KOMMT ES OFT VOR, DASS SIE AUFGRUND VON WENIGEN GESPRÄCHEN NICHTS ANDERES ZU TUN HABEN ...

TRAUER

NIPP.

NIPP.

ICH MÖCHTE ABER KALTES WASSER!!

KALTES WASSER?! SEIEN SIE NICHT SO BESCHEIDEN, TRINKEN SIE WAS ORDENTLICHES!

AH, KOMIYA-SAN, IHR GLAS IST JA SCHON FAST LEER! ICH BESTELLE IHNEN GERNE WAS MIT!

N-NA GUT, DANN OOLONGTEE BITTE ...

OH, ENT-ENTSCHULDIGUNG, DANN ... HÄTTE ICH GERN EIN GLAS KALTES WASSER ...

SO, BITTE SCHÖN!

... MENSCHEN, DIE FREUNDLICH ZU MIR SEIN WOLLEN, VOR DEN KOPF STOSSE ...

WIE KOMMT ES NUR DASS ICH ...

OOLONGTEE? HAH ...

NA, WENN SIE WOLLEN.

BRODEL

BRODEL

OOOH!

HIER HABEN WIR ...

... EINE LOKALE SPEZIALITÄT AUS DEM SÜDEN DER PRÄFEKTUR AOMORI ...

... DIE SENBEI-JIRU*!

*REISKRÄCKER-SUPPE

BRODEL

BRODEL

DAS KLINGT LECKER ... DIESE SUPPE MÖCHTE ICH UNBEDINGT PROBIEREN!!

DIE REISKRÄCKER WERDEN IN DER SUPPE GANZ ELASTISCH UND SCHMECKEN KÖSTLICH!

D-DA SIND REISKRÄCKER DRIN!!

ICH MUSS SCHNELL ZURÜCK SEIN!

E-ENT-SCHUL-DIGUNG, ICH GEHE KURZ VORBEI ...

ICH HAB ZU VIEL GETRUN-KEN ...! ICH MUSS AUFS KLO ...!

44

SIE HABEN SICH ALLE HIERHIN GEFLÜCHTET ...?!

DIE GESPRÄCHE SIND SO STOCKEND ...

ICH WILL NICHT ZURÜCK ...

!

SIE SAHEN AUS, ALS OB IHNEN DAS TREFFEN SPASS MACHT, ABER ...

... VIELLEICHT DENKEN VIELE GENAUSO WIE ICH ...?

RATTER

ICH MÖCHTE DIE REISKRÄCKER-SUPPE PROBIEREN ...!

HIER SAH ES SO LUS-TIG AUS, DESWEGEN BIN ICH RÜBERGE-KOMMEN!

WAS MACHEN SIE DENN HIER, MAKA-SE-SAN?

AH ... MEINE STÄBCHEN, MEIN TELLER UND MEIN OOLONG-TEE ...

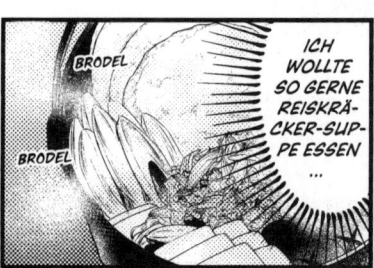

BRODEL

BRODEL

ICH WOLLTE SO GERNE REISKRÄ-CKER-SUP-PE ESSEN ...

MEIN PLATZ IST BE-SETZT!!!

UND AUCH NOCH VON MAKASE-SAN?!

WAS STEHEN SIE DA HER-UM? WENN IH-NEN JEMAND IHREN PLATZ WEGGENOM-MEN HAT, SET-ZEN SIE SICH HIERHIN.

TA-TAKA-NASHI-SAN ...! V-VIELEN DANK!

ICH FINDE ES WICHTIG, JEMANDEN UNABHÄNGIG VOM ERSTEN EINDRUCK ...

... ERST EINMAL KENNENZULERNEN, MEINST DU NICHT AUCH?

O-OB ICH SIE ANSPRECHEN KANN ...?

WAS MACHEN SIE DENN SO AM WOCHENENDE ...?

DAS HABE ICH VON NEZU-SAN GELERNT ...!

AH ... ÄH ... ÄHM ...

PAAAA

Versuch doch die Person neb[en] anzusprechen. "Was ma[chst] du so am Wochenende[...]"

... DANN WÜRDE ER SICH HIER VOR ALLEN LEUTEN FURCHTBAR BLAMIEREN ...

WENN ER SICH ALLERDINGS WIRKLICH ÜBERGEBEN MUSS ...

ABER WENN ICH MICH IRRE ...?!

KOMIYA-SAN?

... DESHALB KANN ER VERMUTLICH NICHT DA WEG, SELBST WENN ER ES WOLLTE ...

DEM CHEF NEBEN IHM KANN MAN NICHT MEHR ENTKOMMEN, WENN ER EINEN MAL GESCHNAPPT HAT ...

EINE PLASTIKTÜTE?

RASCHEL

VERZEIH BITTE, NEZU-SAN!

E-ENTSCHULDIGEN SIE MICH, TAKANASHI-SAN!

E-ENTSCHULDIGUNG!

ICH MUSS IHN DA RAUSHOLEN!

IN DEM FALL GIBT ES NUR EINS ...

ZZZT

ICH WÜRDE MICH GERNE EINMAL MIT DEM ABTEILUNGSLEITER UNTERHALTEN!

WÜRDEN SIE IHREN PLATZ MIT MIR TAUSCHEN?

ÄHM, WER BIST DU NOCH GLEICH?

I-ICH BIN KOMIYA.

UND HIER ...

... NEHMEN SIE DAS ...

ZAPP

OH, NATÜRLICH, BITTE, BITTE!

ETWAS AUFREGENDERES HAST DU NICHT ZU ERZÄHLEN? GANZ SCHÖN LANGWEILIG!

OKAY UND WAS MACHST DU AM WOCHENENDE?

ÄHM ... ZUM BEISPIEL FERNSEHEN ...

ACH!

N-NEIN, EIGENTLICH NICHT ...

HO-HOBBY?! H-HAB ICH GAR KEINS ...

UND? HAST DU IRGENDWELCHE HOBBYS, KOMIYA?

W-WAS MACH ICH DENN JETZT?! ICH HAB IHN EINFACH SO SPONTAN ANGESPROCHEN, ABER JETZT ...

ICH ... SCHAFFE ES JETZT ZWAR, ANDERE LEUTE ANZUSPRECHEN, ABER ...

... MIR IST KLAR GEWORDEN, DASS ICH DAS GESPRÄCH NICHT WIRKLICH FÜHREN KANN.

GNH

GANZ SCHÖN LANG-WEILIG

GANZ SCHÖN LANGWEILIG GANZ SCHÖN LANGWEILIG

ENTSCHULDIGE BITTE, NEZU-SAN.

AUF DEN ERSTEN BLICK FÜHRT EINE SOZIALE ANGSTSTÖRUNG DAZU, DASS JEMAND NICHT MIT ANDEREN MENSCHEN REDEN KANN, WEIL ER SICH ZU VIELE GEDANKEN MACHT.

ABER ICH FINDE, SENSIBEL FÜR DIE GEFÜHLE ANDERER ZU SEIN, IST EINE WUNDERVOLLE FÄHIGKEIT.

FINDEST DU?

OBWOHL WIR EXTRA GEÜBT HABEN, IST GAR NICHTS DABEI HERAUSGEKOMMEN ...

UND OB DU DICH WEITERENTWICKELT HAST!

ICH WÜRDE MICH GER EINMAL MIT DEM A LUNGS... UNT

WÜRD SIE HA PLATZ A MIR TA SCHEN

WAS MACHEN SIE DENN SO AM WOCHENENDE ...?

WAS? ABER DESWEGEN MÜSSEN SIE SICH DOCH NICHT ...

HIER, ALS ENTSCHULDIGUNG FÜR NEULICH! ES TUT MIR LEID MIT DEM GANZEN KRACH UND SO!

AH! NACHBARIN!

LETZTENDLICH KONNTE ICH NICHT MAL WAS ESSEN ...

がチャ

KLACK

SCHWITZ

DAS SIND REISKRÄCKER, DIE ICH AUS MEINER HEIMAT GESCHICKT BEKOMMEN HABE!

SIE SIND FÜR EINE SOGENANNTE REISKRÄCKER-SUPPE! MAN GIBT SIE EINFACH MIT IN DEN TOPF. SCHMECKT SUPER LECKER!

おとせ*んべ

*SUPPEN-REISKRÄCKER

ICH WERDE SIE SOFORT ESSEN!

VIELEN DANK ...!

REISKRÄCKERSUPPE...! DIE ... WOLLTE ICH UNBEDINGT MAL PROBIEREN ...!

WAH!

ECHT?! DAS FREUT MICH!

ÄHM, WER BIST NOCH GLEICH?

I-ICH BIN KOMIYA

HEY, MAKASE ...

KENNST DU DIESE KOMIYA-SAN?

HÄ?

DU VERTRÄGST ALSO KEINEN ALKOHOL? ICH DACHTE, IM VERTRIEB SIND ALLE TRINKFEST. TUT MIR LEID, DASS ICH DICH MITGESCHLEPPT HABE.

NOCH 10 SEKUNDEN LÄNGER UND ES WÄRE ÜBEL GEWORDEN.

HEY, ALLES IN ORDNUNG ...

... YOSHIHARU?

KAPITEL 3 ENDE

PAHAHA

HEY, DANN LASS UNS DOCH ZU-SAMMEN KOCHEN UND ES-SEN!

WAS? DU WILLST JETZT DIE ZUTATEN KAUFEN UND SUPPE KO-CHEN?

DANN ZEIG ICH DIR DIREKT, WIE MAN SIE ZUBEREI-TET!

UND MEINE JACKE ...

TAPP

TAPP

ICH HOLE MEIN PORTE-MONNAIE, WARTE KURZ!

NATSU-HORI-SAN UND ICH WERDEN ALSO EINE KLEINE HAUSPARTY FEIERN.

ICH DACHTE, DU HÄTTEST KEINE BERÜHRUNGSANGST MEHR VOR IHR?

NE-NEZU-SAN ...

DU ZITTERST JA!

ZITTER

ZITTER

AH!

AH!

... ESSEN ...

AH!

EH! AH! UH!

... KOCHEN ...

SICH DABEI DIE GANZE ZEIT UNTERHALTEN ZU MÜSSEN, IST EINE ZIEMLICH HOHE HÜRDE ...

AH!

ZUSAMMEN EINKAUFEN ...

DA BIN ICH WIEDER!

WAS, DIE MAUS KOMMT MIT?!

ICH HEISSE NEZU!!!

MACH DIR KEINE SORGEN, ICH BIN DOCH DA ...!

PUH!

ACH HERRJE ...

WARUM HAST DU KLAMOTTEN AN?

EIN THEMA, EIN THEMA...

WIESO, HAST DU WAS DA-GEGEN?

AH!

MECKER SCHIMPF

WAH! WAH!

JA! ABER ICH LIEBE MODE ...

IN DER OBERSCHULE HAB ICH IMMER VOLL ÄRGER MIT DEN LEHRERN BEKOMMEN, WEIL ICH MEINE SCHULUNIFORM SO UNKONVENTI-ONELL GETRAGEN HABE!

WOHNT DEINE FA-MILIE IN AOMORI ...?

HÄ, DEIN ERNST?! MERCI!

NA JA, HEUTZU-TAGE MA-CHEN SICH JA VIELE SELBST-STÄNDIG.

GE-GE-SCHÄFTS-FÜHRE-RIN?! IST JA TOLL!

IM MOMENT BIN ICH GE-SCHÄFTS-FÜHRERIN EINER BOUTIQUE.

NA JA UND WEIL ICH MICH GERNE STYLE UND IMMER WISSEN WILL, WAS GERADE TRENDET, BIN ICH NACH TOKYO GE-ZOGEN.

WOMM

WOMM

WOMM

*TRINKPARTYS MIT KOLLEG:INNEN. DIE TEILNAHME IST NICHT VERPFLICHTEND, ABER WIRD ERWARTET.

GROAAARRR

GENAU DESWEGEN BIN ICH DA!

ICH HELFE KOMIYA-SAN, IHRE ANGSTSTÖRUNG ZU ÜBERWINDEN!

EHEMM

HÄ?! AH!! DU HAST ES DOCH ABER NEULICH GESAGT!!

JA, DAS STIMMT!

DAS IST SEHR TAKTLOS!

DIESES PROBLEM BELASTET SIE SELBST AM ALLERMEISTEN!!

... MAG ICH ES, WENN MAN MIR FRAGEN ÜBER MICH STELLT ...

... UND WENN SICH JEMAND FÜR MICH INTERESSIERT, HABE ICH LUST ZU ANTWORTEN! ICH REDE ECHT GERN!

ICH BIN MIT MIR VOLL ZUFRIEDEN, DESHALB ...

DU KÖNNTEST RUHIG ETWAS MEHR SELBSTVERTRAUEN HABEN!

ABER MAL IM ERNST!

ICH DACHTE ES MIR SCHON ...

SIE MAG SICH SELBST ...

SIE IST DAS GENAUE GEGENTEIL VON MIR ...

ALKO-HOL ...

MEINE EMPFEH-LUNG ...

DIESER SAKE PASST ZUR SUPPE!

WAS, ECHT JETZT?!

OKAY, DANN ...

OH ... ALSO, DAS HABE ICH ZU HAUSE IM KÜHLSCHRANK.

UND DANN VIELLEICHT SOJASOSSE UND KOCHSAKE UND SO?

ALSO, HUHN, SCHWARZWURZEL, FRÜHLINGSZWIEBELN, MÖHREN ...

ICH WILL NOCH NACH WAS ANDEREM GUCKEN. BLEIB DU SCHÖN HIER, JA?

HÄ, ABER DU HAST DOCH AUSSER TEE NOCH ANDERE SACHEN GEKAUFT ...

ICH KOMME MIT ZUR KASSE ...

... BEZAHLE ICH!

WARTE DOCH HIER! DU KANNST JA EINE ZEITSCHRIFT LESEN!

Interior Design

ICH LIESS MICH ALSO ÜBERREDEN UND SO ...

...

WAS BITTE IST SO SCHLIMM AN EINER SOZIAL-PHOBIE?

FÜR DUMME ANMACHEN GIBT ES ZWAR KEINE RANG-LISTE, ABER WENN ...

... DANN WÄRST DU AUF PLATZ EINS!

KAPIERST DU NICHT, DASS DU ANDERE MIT DEINEN WORTEN VERLETZT?

DU BIST DERJENIGE, DER UNFÄ-HIG IST ZU KOMMUNI-ZIEREN!

65

VERGISS DIE

LASS MICH IN RUHE!

AUSSER-DEM WÄRE JEDER GENERVT, WENN ER VON EINEM BESOFFE-NEN ANGE-QUATSCHT WIRD, DU DEPP!

KÜMMERE DICH NICHT UM DIE IDI-OTEN! LASS UNS NACH HAUSE GEHEN!

IHRE WORTE ...

OKAY ...!

... WAREN IRGEND-WIE ...

... HEILSAM FÜR MICH.

MÖHRE, HÜHNERFLEISCH, SCHWARZWURZEL UND FRÜHLINGSZWIEBEL ...

... SCHMECKEN SOWIESO BEI JEDER FAMILIE ANDERS.

JA, DAS PASST AUF JEDEN FALL! DIE GRUNDBRÜHE UND DIE ZUTATEN ...

IST ES WIRKLICH OKAY, NUR DIE GEWÜRZE ZU NEHMEN, DIE MAN ZU HAUSE HAT?

DIE SCHWARZWURZEL WASCHEN ...

ST

OH, DIE SCHWARZWURZEL ERST NOCH WASCHEN, ODER ...?!

SCHWUPP

GNH

DAS SCHNEIDEN WIR KLEIN ...

ST

WIR STREUEN DIE GEKÖRNTE BRÜHE IN 400 ML WASSER ...

FÜR DIE SUPPE ... NEHMEN WIR INSTANTBRÜHE.

INSTANT ...?

... DAZU VIER ESSLÖFFEL SOJASOSSE, ZWEI ESSLÖFFEL KOCHSAKE UND ZWEI ESSLÖFFEL NORMALEN SAKE ...

KOCHSAKE

SAKE

HAFF

VOLL DER AUSSERGE-WÖHNLICHE GESCHMACK! ECHT MEGA LECKER, ODER?

HAFF

UWAAAH, IST DAS LECKER....! DIE REIS-KRÄCKER ...

...HA-BEN EINE KONSIS-TENZ WIE FLEISCH ...!

SIND DIE NICHT SUPER?

PUHAH!

ES SIND ZWAR REISKRÄCKER, ABER IRGEND-WIE AUCH NICHT, ODER?

GLUCK
GLUCK

*GEFÜLLTER, JAPANISCHER REISKUCHEN

DIE WERDEN EINFACH NUR NOCH BESSER ...!

"ロ"

UND JE LÄNGER SIE IN DER SUPPE SIND, DESTO ÄHNLICHER WERDEN SIE MOCHI.

DU SAGST ES!

... DIESE REISKRÄCKER SIND IRGEND-WO ZWISCHEN CROUTONS UND MOCHI*, WENN ICH DAS MAL SO SAGEN DARF.

BEVOR MAN SIE ISST, DENKT MAN, DASS SIE VIELLEICHT NUR WEICH WERDEN, ABER ...

PUHAH

69

HMMM ...

UND IHR GESICHT IST ZIEMLICH KINDLICH, ALSO AM BESTEN EINE NATÜRLICHE FARBE ...

KOMIYA-SAN HAT EINE HELLE, DURCHSCHEINENDE HAUT, DESHALB STEHT IHR WAHRSCHEINLICH EHER PINK ...

ICH HABE DEN EINDRUCK, DASS DU NICHT SO RICHTIG SELBSTVERTRAUEN HAST! ES IST VIELLEICHT ETWAS AUFDRINGLICH VON MIR, ABER ...

DEN LIPPENSTIFT, DEN ICH AUSGESUCHT HABE, KANNST DU UNBESORGT BENUTZEN! DIE KOSMETIKARTIKEL, DIE ES NEUERDINGS IM SUPERMARKT GIBT, SIND SUPER!

... ES BRAUCHT MANCHMAL NUR EIN BISSCHEN LIPPENSTIFT UND PLÖTZLICH KANN MAN DINGE SAGEN, DIE MAN DAVOR NOCH NICHT AUSSPRECHEN KONNTE!

BP082

ICH HABE DIESES MAL WOHL AUF GANZER LINIE VERSAGT ...!

FLAPP

VIELEN DANK, NATSUHORI-SAN ...!

GN-HNH ...

ICH STEH EBEN AUF TAFFE GYARUS ...

Frien

DU WOLLTEST DICH MIT DER GYARU ANFREUNDEN, DESHALB HAST DU DICH AN DIE RANGEMACHT, BEI DER DU DACHTEST, SIE WÄRE LEICHTER ANZUSPRECHEN, STIMMT'S?

SCHNIEF

HÄ, WIE VERSAGT?!

KAPITEL 4 ENDE

... UND ES MACHT MICH IMMER NOCH NERVÖS ...

SCHON IN DER SCHULE HATTE ICH PROBLEME DAMIT, IN EINE ANDERE KLASSE ODER INS LEHRERZIMMER ZU GEHEN ...

AH! ENTSCHULDIGUNG ...

DARF ICH BITTE DURCH?

ENTSCHULDIGUNG ...

DENN ICH HABE DEN LIPPENSTIFT BENUTZT, DEN ICH VON NATSUHORI-SAN BEKOMMEN HABE ...!

DIE IST DOCH AUS EINER ANDEREN KLASSE!

WER IST DAS?

ICH HABE ANGST VOR DEN BLICKEN ...

ABER HEUTE IST ES ANDERS!

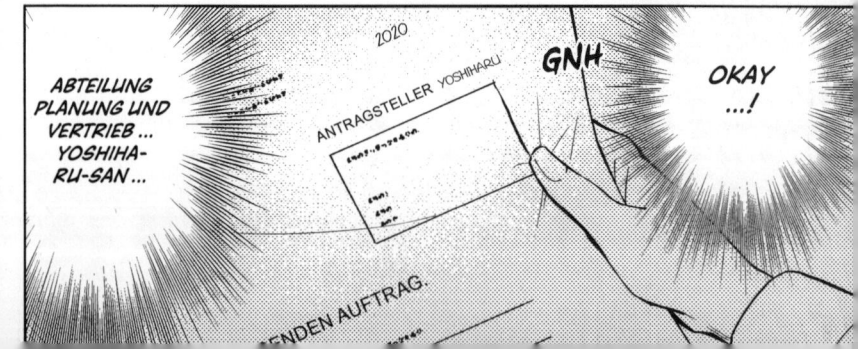

ABTEILUNG PLANUNG UND VERTRIEB ... YOSHIHARU-SAN ...

2020

ANTRAGSTELLER YOSHIHARU

GNH

OKAY ...!

...ENDEN AUFTRAG.

NEZU IST VERLOREN GEGANGEN ...!

KRUIIIK

!

WER HÄTTE DENN DAMIT GERECHNET, DASS ICH BEIM VER-STAUEN DES LIPPENSTIFTS AUS VER-SEHEN AUS DER TASCHE FALLE ...

AH! DAS IST DOCH DER JUNGE MANN VON DER FIRMEN-FEIER ...!

HAH ... WAS MACH ICH DENN NUR ...

WIE UNGE-WÖHNLICH SIE HIER ZU SEHEN, KOMIYA-SAN! ZU WEM WOLLEN SIE DENN? SOLL ICH JEMANDEN HOLEN?

MA-MAKA-SE-SAN ...!

YOSHIHARU

YOSHIHARU? ER SITZT AM PLATZ NEBEN MIR! KOMMEN SIE MIT!

FUNKEL

... JETZT GERADE IST MAKASE-SAN MIR EINE RIE-SENHILFE ...!

I-ICH BRAUCHE VON EINEM YOSHIHA-RU-SAN EI-NEN STEMPEL AUF DIESEM ANTRAG ...

E-ES IST ZWAR ÄR-GERLICH, ABER ...

SIE WIRKEN GANZ ANDERS!

SIE TRAGEN JA HEUTE LIP-PENSTIFT!

SO EINER IST ER ...!

GNH

ICH ZEIG IHNEN YOSHIHA-RUS PLATZ. DAMIT HAB ICH WAS BEI IHNEN GUT, NICHT WAHR?

BUBUMM

STICHEL

ABER WENN ES DAS IST, WAS DIE LEUTE NORMALERWEISE ÜBER MICH DENKEN, BIN ICH FÜR DEN LIPPENSTIFT UMSO DANKBARER ...

ICH BIN DOCH GAR NICHT UNGESCHMINKT!! NUR DEZENT!!

... JETZT SEHEN SIE ENDLICH WEIBLICH AUS!

ICH FAND ES JA IMMER ZIEMLICH MUTIG, DASS SIE VOLLKOMMEN UNGESCHMINKT INS BÜRO KOMMEN, WO SIE DOCH SO SCHÜCHTERN SIND, ABER ...

NANU?

BIS EBEN WAR ER NOCH DA ...

UH...

WENN SIE NICHTS ZU TUN HABEN, KÖNNTEN SIE MIR BEI DER ARBEIT HELFEN, BIS ER ZURÜCKKOMMT!

WAS NUN?

DIE PRO-
DUKTION
IST ZWAR
WOANDERS,
ABER ...

ES FÄLLT
MIR NICHT
LEICHT DAS
ZU SAGEN,
ABER WIR SIND
IMMERHIN EINE
LEBENSMITTEL-
FIRMA ... ICH
MÖCHTE NICHT,
DASS DU RAUS-
GESCHMISSEN
WIRST, DARUM
...

WAS
I...

...BLEIB IM
BÜRO BITTE
IN MEINER
TASCHE ...

ICH BITTE
DICH DARAUF
ZU ACHTEN,
DASS DICH IN
DER FIRMA
NIEMAND
BEMERKT.

HAH ...

ICH WEISS
NATÜRLICH, DASS
DU ABSOLUT
REINLICH BIST!
ICH WEISS DAS!

IST
DA JE-
MAND?!

まい
GNH

HOPPLA,
NICHTS
SAGEN!

BOFF

... UND DAMIT WÜRDE ICH IHN BEUNRUHIGEN ...

GNH

... BLEIBT BEI DEM PRÄSIDENTEN NUR DER EINDRUCK ZURÜCK, DASS EIN ANGESTELLTER SEINER FIRMA MIT IRGENDETWAS UNZUFRIEDEN IST ...

NEIN, STOPP! WENN ICH MICH JETZT EINFACH SO ZURÜCKZIEHE ...

N-NEIN! ES IST GAR NI...

NATÜRLICH!

ENTSCHULDIGUNG, DARF ICH MICH IHNEN VIELLEICHT DOCH ANVERTRAUEN ...?

VERSTEHE ...

WÄHRENDDESSEN ...

DAS PASST MIR GERADE SEHR GUT ... ICH WOLLTE SIE IMMER SCHON DIGITALISIEREN ...

KNIPS

KH ...

... HALF ICH BEIM ORGANISIEREN VON VISITENKARTEN.

DARUM VERSUCHE ICH KALT-AKQUISE* DURCH SPONTANE BESUCHE UND EINLA- DUNGEN ZU VERMEIDEN ...

... DIE ICH SELBST ALS AUF- DRINGLICH EMPFINDEN WÜRDE.

ICH BIN VON NA- TUR AUS NICHT BE- SONDERS GUT DARIN, MIT MEN- SCHEN ZU SPRE- CHEN.

SIE SIND ALSO MIT IHREM VOR- GESETZTEN ANEINANDER- GERATEN, WEIL IHM IHRE VERKAUFSME- THODE NICHT GEFÄLLT ...

JA ...

*METHODE, BEI DER VERTRIEBSMITARBEITER:INNEN PER TELEFON ODER EINLADUNG DAS INTERESSE VON KUND:INNEN GEWINNEN MÖCHTEN, DIE ZUVOR NOCH KEIN INTERESSE AN DEN ANGEBOTENEN PRODUKTEN ODER SERVICES GEZEIGT HABEN

KÖNNTE ES SEIN, DASS ER EIN ÄHNLICHER TYP IST WIE KOMIYA- SAN ...?!

ZUCK

ER IST NICHT GUT DARIN, MIT MENSCHEN ZU SPRE- CHEN ...

... UND DA ICH ONLINE IMMER WIEDER NÜTZLICHE INFORMATIONEN POSTE, GEWIN- NE ICH BEREITS IM VORHINEIN DAS VERTRAUEN DER KUNDEN UND ERHALTE EIGENTLICH SO VIELE ANFRAGEN, DASS ICH KAUM NACHKOMME.

HM ...?

SO KANN ICH MICH VERGEWIS- SERN, WANN ES MEINEN GESCHÄFTS- PARTNERN TERMINLICH PASST ...

AHA, AHA ...

... UND VERHAN- DELE DANN PERSÖNLICH MIT KUNDEN, DIE INTERES- SIERT SIND UND SICH MIT MIR IN VERBINDUNG SETZEN WOLLEN.

DESHALB BENUTZE ICH GRUND- SÄTZLICH GESCHÄFTS- BRIEFE ODER SOCIAL MEDIA ...

KÖNNTE DER KONTAKT MIT DIESEM JUNGEN MANN NICHT EINEN GUTEN EINFLUSS AUF KOMIYA-SANS SOZIALE ANGST HABEN?!

DAS MUSS ICH KOMIYA-SAN ERZÄHLEN ...!

D-DIESEM JUNGEN MANN GELINGT ES, SEINE SCHWÄCHE GEWINNBRINGEND EINZUSETZEN ...!

WENN ICH VERSUCHE, ES IHM ZU ERKLÄREN, HÖRT ER MIR GAR NICHT RICHTIG ZU ...

... MEIN VORGESETZTER HAT IMMER MIT KALTAKQUISE GEARBEITET UND BEHAUPTET, DASS MEINE VORGEHENSWEISE EIN IRRWEG IST ...

ABER ...

DAS IST DOCH, ALS WÜRDE ICH MEINEN VORGESETZTEN DIREKT BEIM PRÄSIDENTEN ANSCHWÄRZEN ...!

NEIN!

ENTSCHULDIGUNG!

AH! HÖRT SICH DAS JETZT AN, ALS WÜRDE ICH ÜBER MEINEN VORGESETZTEN LÄSTERN ...?!

UNSER VERHÄLTNIS HAT SICH ZIEMLICH VERSCHLECHTERT ... ICH WEISS NICHT, WAS ICH MACHEN SOLL!

ICH GLAUBE, ICH ERZÄHLE IHNEN MAL EIN BISSCHEN AUS MEINER VERGANGENHEIT.

WAS?

GYARU

MUSKEL-PROTZ

NERD

BRILLEN-SCHLANGE

ANDERS...

MEINT ER EINE ANDERE SORTE MENSCH...?

ICH BIN ANDERS, DESHALB WURDE ICH NICHT BESONDERS NETT BEHANDELT.

DA-DAS IST JA...

... UND ICH WURDE ANGEGRIFFEN, SOBALD MAN MICH NUR SAH.

MAN HAT MIR NIE RICHTIG ZUGEHÖRT ...

PASS AUF!

PA...?

BEOBACH-TEN...?

UND ICH HABE VERSUCHT, SIE NACHZU-AHMEN.

IN DER ÄUSSEREN ERSCHEINUNG, DER SPRACHE, DEN GEWOHN-HEITEN UND HANDLUNGEN.

SCHRUBB

SCHRUBB

... HABE ICH ES MIR ANGEWÖHNT, ANDERE GENAU ZU BEOBACH-TEN.

DA MAN JA TROTZDEM IRGENDWIE KOEXISTIEREN MUSS ...

SO KAM ES, DASS DIE LEUTE MICH IRGEND-WANN ...

... «SÜSS» ODER «LUS-TIG» FANDEN UND ICH IM-MER MEHR AKZEPTIERT WURDE.

BLUSH

GUTEN TAG!

GUTEN TAG!

NATÜRLICH ÜBERNAHM ICH NICHT WAHLLOS ...

... SONDERN NUR, WOMIT ICH MICH WOHLGE-FÜHLT HABE.

WOW!

... SO GEHT ES MIR MIT IHNEN AUCH.

DEINE WIMPERN SEHEN AUS WIE INSEKTENBEINE ...

UND WARUM TRÄGST DU EIN HALSBAND, OBWOHL DU KEIN HUND BIST...?

GUT, HIN UND WIEDER SIND MANCHE NOCH MISSTRAUISCH, WEIL ICH IHNEN BEFREMDLICH VORKOMME, ABER ...

PATSCH

ES KAM NICHT MEHR VOR, DASS SIE MICH VERURTEILTEN, NOCH BEVOR SIE MIT MIR GESPROCHEN HATTEN.

WENN SIE ZUERST VON SICH AUS EINE HALTUNG EINNEHMEN, DIE ZEIGT, DASS SIE IHR GEGENÜBER RESPEKTIEREN UND AKZEPTIEREN ...

OKAY, DA MEIN VORGESETZTER DENKT, DASS ICH MIT SEINER ART DER AKQUISE ARBEITEN SOLLTE ...

ACH SO ...

DAS IST DOCH EINE GUTE IDEE!

... WEIL ES EINE BEWÄHRTE METHODE IST, SOLLTE ICH IHN VIELLEICHT UM RAT FRAGEN?

... WIRD DIE GEGENSEITE AUCH EHER BEREIT SEIN, IHNEN ZUZUHÖREN, MEINEN SIE NICHT?

YOSHI-HARU, DA BIST DU JA WIEDER!

AH!

NANU ...? SIE SIND DOCH ...

!!!

KNARR

HMM ...

WAHR-SCHEINLICH EHER PINK ...

UND IHR GESICHT IST ZIEMLICH KINDLICH ...

... ES BRAUCHT OFT NUR EIN BISSCHEN LIPPENSTIFT ...

... UND PLÖTZLICH KANN MAN DINGE SAGEN, DIE MAN DAVOR NOCH NICHT AUS-SPRECHEN KONNTE!

AH ...!

H-HOFFENTLICH DENKT ER NICHT, DASS ICH MICH NEU-LICH EINMISCHEN WOLLTE! ICH HABE SCHLIESSLICH DAS GESPRÄCH UNTER-BROCHEN ... VIELLEICHT HAT ER SICH BELÄSTIGT GEFÜHLT ... WAS MACH ICH NUR ... SOLLTE ICH MICH LIEBER ENTSCHULDIGEN ...? WAS SOLL ICH TUN?!

DAS IST ALSO YOSHIHA-RU-SAN?!

WIRBEL

WIRBEL

ÄH-
ÄHM ...
MEIN VER-
HALTEN
NEULICH
BEI DER
FIRMEN-
FEIER TUT
MIR LEID!

GNH

ICH HATTE DEN
EINDRUCK, DASS
SIE SICH NICHT GUT
FÜHLEN, DESHALB
HABE ICH ÜBER-
LEGT, OB ICH IHNEN
IRGENDWIE HELFEN
KANN, ABER ... ICH
WOLLTE SIE NICHT
BELÄSTIGEN

AH! ICH
DACHTE ES
MIR DOCH ...!
SIE HABEN ES
GEMERKT UND
SIND MIR ZU
HILFE GEKOM-
MEN!

AAAH, ICH WEISS
NICHT, WIE ICH
ES AUSDRÜCKEN
SOLL, ABER ICH
HAB ES GESAGT!
NATSUHORI-SAN!
NEZU-SAN!

ICH WAR IN
DEM MOMENT
WIRKLICH IN
SCHWIERIG-
KEITEN, SIE
WAREN MEINE
RETTUNG!

WARUM SAGST DU NICHT EINFACH BESCHEID, WENN DIR SCHLECHT WIRD?

?

G-GUT, DASS ICH ES GETAN HABE ...

HAAA ...

VIELEN DANK!

STILLE

HUSCH

AH! ENTSCHULDIGEN SIE, DASS SIE SICH EXTRA HERBEMÜHEN MUSSTEN!

AH, SIE HABEN VERGESSEN, DIESE PAPIERE MIT IHREM STEMPEL ZU VERSEHEN ...

UND WAS IST MIT IHREM ANLIEGEN?

JA! DAS HABE ICH DIR ZU VERDANKEN, WEIL DU DIE GANZE ZEIT BEI MIR WARST!

TOLL, DASS DU ES GESCHAFFT HAST ZU SAGEN, WAS DU DENKST! ICH FREUE MICH FÜR DICH!

ICH HAB IRGENDWIE DAS GEFÜHL, DA HAT SICH WAS BEWEGT?

KAPITEL 5 ENDE

TUT SO, ALS WÄRE ER DIE GANZE ↑ ZEIT IN DER TASCHE GEWESEN

KÖNNTET IHR VIELLEICHT FÜR EINE WEILE AUF DIE ENKELIN DES PRÄSIDENTEN AUFPASSEN?

MINAMI-SAN!

KOMIYA-KUN!

SO KLEIN!

I-ICH SOLL MICH UM EIN KIND KÜMMERN ...?!

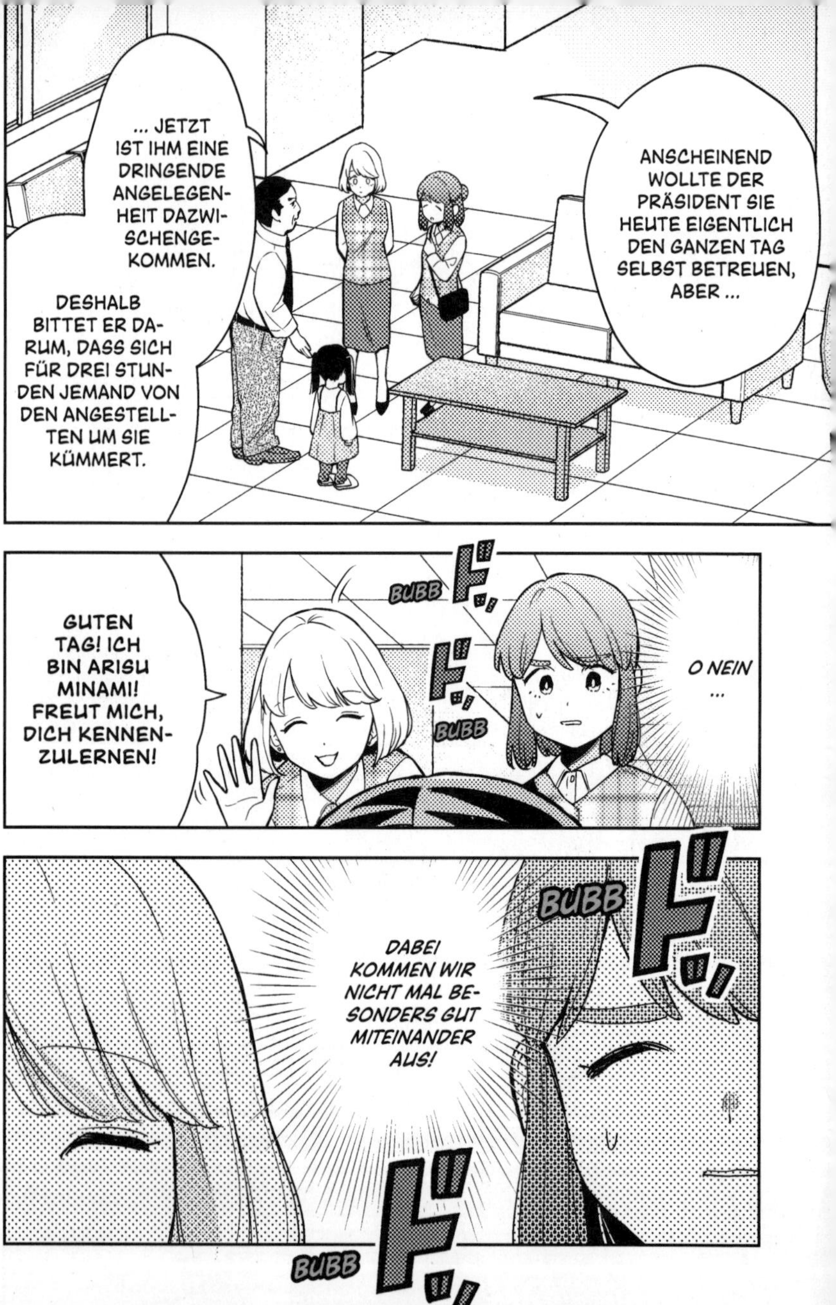

... JETZT IST IHM EINE DRINGENDE ANGELEGEN-HEIT DAZWI-SCHENGE-KOMMEN.

DESHALB BITTET ER DA-RUM, DASS SICH FÜR DREI STUN-DEN JEMAND VON DEN ANGESTELL-TEN UM SIE KÜMMERT.

ANSCHEINEND WOLLTE DER PRÄSIDENT SIE HEUTE EIGENTLICH DEN GANZEN TAG SELBST BETREUEN, ABER ...

GUTEN TAG! ICH BIN ARISU MINAMI! FREUT MICH, DICH KENNEN-ZULERNEN!

BUBB

BUBB

O NEIN ...

DABEI KOMMEN WIR NICHT MAL BE-SONDERS GUT MITEINANDER AUS!

BUBB

BUBB

WENN NUN DAS GESPRÄCH WIEDER INS STOCKEN GERÄT ...

STILLE

NICK

I-ICH BIN SHOKO KO-MIYA. F-FREUT MICH ... DICH KENNENZU-LERNEN.

ST

AAAH ...

WIE HEISST DU DENN? WIE ALT BIST DU?

JETZT IST SIE ZWAR SCHÜCHTERN, ABER ZU HAUSE SOLL SIE LAUT DEM PRÄSIDENTEN SEHR LEBHAFT SEIN.

DESHALB ...

SIE IST VIER JAHRE ALT ...

... UND SIE HEISST MIO SASAKI.

?!

WIR SIND KEINE BABYSITTER! DAS IST ZU VIEL VERLANGT!

... SORGT BITTE DAFÜR, DASS SIE WIEDER ZU IHREM LEBHAFTEN TEMPERAMENT ZURÜCKFINDET, BIS DER PRÄSIDENT ZURÜCKKOMMT.

O NEIN! IN GEGENWART DES MÄDCHENS SOLLTEN SIE SICH DIE VERANTWORTUNG NICHT GEGENSEITIG ZUSCHIEBEN.

SO ETWAS LIEGT FRAUEN DOCH VIEL MEHR!

SIND SIE NICHT VIEL GEEIGNETER DAFÜR, ABTEILUNGSLEITER? AN SIE HAT SIE SICH SCHON GEWÖHNT!

WAAAS?!

ST

WAS IST DENN DAS FÜR EINE FIESE FRAGE ...?!

NATÜRLICH ENTSCHEIDET SIE SICH FÜR DICH!

DAS IST UNGEFÄHR SO, WIE WENN DIE STIEFMUTTER FRAGT: „WEN HAST DU LIEBER, PAPA ODER MAMA?"

PATSCH

FREU

I-ICH?!

I-IRGENDWIE FREUE ICH MICH UNHEIMLICH DARÜBER ...

IM UMGANG MIT KINDERN MACHT MIR ABER KEINER SO LEICHT WAS VOR!

HMM ... KOMIYA-SAN ALSO ...?

SCHNAUB

WICHTIGER ALS DIE FRAGE, OB SIE GUT MIT KINDERN UMGE-HEN KANN, SIND JA WOHL MIO-CHANS GEFÜHLE!

UH ... JETZT SIEHT SIE MICH ALS RI-VALIN!

ICH WERDE MIR GANZ DOLL MÜHE GEBEN, DAMIT DU WIEDER FRÖHLICH WIRST, MIO-CHAN!

VERSUCHEN WIR GEMEIN-SAM, MIO-CHAN ZUM LÄCHELN ZU BRINGEN!

ICH BIN MIR SICHER, DASS DU DAFÜR SOR-GEN KANNST, DASS SIE SICH WOHLFÜHLT!

OKAY ...!

WENN ICH ES SCHAFFEN KANN, MIO-CHAN EINE FREUDE ZU MACHEN ...

S-SPIELST DU VATER, MUTTER, KIND?

NEIN!

GNH

KNÜLL KNÜLL

WAS IST DENN DAS, MIO-CHAN?

HAM-BUR-GER!

ICH TRENNE HAMBUR-GER ...

M-MYSTE-RIÖSES SPIEL ...!

... UND MÜLL.

OH!

SIE HAT SCHON KEINE LUST MEHR UND MACHT ETWAS ANDERES.

I-ICH HAB AUCH EINEN!

SCHAU MAL, MIO-CHAN, ICH HAB AUCH EINEN HAMBURGER GEMACHT!

DAS IST MÜLL.

UWAAAH! GETROFFEN!

WUSCH

!

WAAAH!

ICH MUSS MEINEN STOLZ ÜBERWINDEN ...!

FLÜSTER

ZUFRIEDEN

MINAMI-SAN SPIELT EINFACH MIT! SIE MACHT DAS ZIEMLICH GUT!

UH ...

UWAAAH, ERWISCHT!

WUSCH

NOCH MAL ...

JETZT!

AH ...

ICH MÖCHTE AM LIEBSTEN IM BODEN VERSINKEN!!

DIESE REALISTISCHE DARSTELLUNG IST TOLL!

PFFFT

MAKASE-SAN UND YOSHIHARU-SAN!

NA, WER BIST DU DENN?

BLUUUSH

DAS IST MIO-CHAN, DIE ENKE-LIN DES PRÄSI-DEN-TEN.

SICH UM EIN KIND ZU KÜMMERN, IST GA-RANTIERT STRESS!

OKAY, ICH BIN MAL WEG.

GAKONK

ガコン

OH! UHUMM!

DARF ICH DIE BENUTZEN?

OKAY, DANN SCHAU MAL, MIO-CHAN!

AH! DAS IST YOSHI-HARU-SAN AUS DEM ARCHIV!

DES PRÄSI-DENTEN...!

ES SIND HAM-BURGER....

ICH HABE HIER ZWEI PAPIER-BÄLLE.

ZAPP

GNH

ICH NEHME EINEN IN JEDE HAND.

NANU?!

T-TOLL!

ER IST IN DIE ANDERE HAND GEWANDERT!

VIELLEICHT KANN ICH MIR WAS ÄHNLICHES ANEIGNEN!

VERSTEHE ...!

DAS IST EIN GANZ EINFACHER TRICK! ICH TUE NUR SO, ALS WÜRDE ICH EINEN IN DIE LINKE HAND NEHMEN.

FÜR MEINE ARBEIT MUSS ICH EIN PAAR TRICKS AUF LAGER HABEN, DAMIT MAN MIR ZUHÖRT ...

D-DAS IST WIRKLICH TOLL ...!

UND DANN ...

UND DANN ...

EINER IST VERSCHWUNDEN!

DU BIST ALSO MIO-CHAN!

PATSCH PATSCH

ICH WUSSTE DOCH, DASS YOSHIHARU-SAN EIN GUTES VORBILD IST!

VIELEN DANK, TAKANA-SHI-SAN!

DANKE FÜR EUREN EINSATZ, KOLLEGINNEN.

ICH BRINGE EUCH EIN PAAR SNACKS VOM PRÄSIDENTEN.

CREEPY!

DZUMMMM

EEEK!

OKAY, BIS DANN!

SSSS

ST

ST

ST

00

HÄ? IST DAS WIRKLICH TAKANA-SHI-SAN?

DA IST EINE ROLL-TREPPE!

NOCH NICHT!

TSCHUPP!

ALSO, MIO-CHAN, JETZT BIN ICH WIRK-LICH WEG! BYE BYE!

BYE BYE!

JA, RICHTIG COOL!

TOTAL COOL!

HÄÄÄ?! ICH DACH-TE, TAKA-NASHI-SAN WÄRE ...

... VIEL STREN-GER!

... KÖNNEN WIR JA MAL EIN BISSCHEN ÜBER DIE JUNGS REDEN, WAS?

NA SCHÖN, MIO-CHAN! JETZT, WO DU EIN BISSCHEN WARM GEWORDEN BIST ...

NICK

UND ICH FIND ES AUCH COOL, WENN EINER GUT AM KLETTERGERÜST KLETTERN KANN, ODER?

DAS KANN ICH VERSTEHEN! DAS IST RICHTIG COOL, WENN EIN JUNGE SCHNELL RENNEN KANN!

WOW!

HMM, ALSO RIO-KUN KANN SEHR SCHNELL RENNEN!

UND, GIBT ES JEMANDEN, DEN DU MAGST?

SCHWITZ SCHWITZ

SCHWITZ

HÄ?!!

UND DU, KOMIYASAN?

BRITZEL

WIE LANGWEILIG!

AH ... DAS IST WOHL NICHT SO DEIN THEMA, WAS?

MIR FÄLLT NICHTS EIN!

... ABER ICH KANN WEDER ZAUBERTRICKS NOCH WEISS ICH, WIE MAN ANDEREN EINE FREUDE MACHT ODER GESPRÄCHSTHEMEN FINDET ...

ALLE SCHEINEN OHNE PROBLEME MITEINANDER REDEN ZU KÖNNEN, OBWOHL SIE DIE PERSON NOCH GAR NICHT RICHTIG KENNEN ...

ICH KANN EINFACH KEIN GESPRÄCH FÜHREN ...

WENN SOGAR EIN VIERJÄHRIGES KIND SIE ALS „LANGWEILIG" BEZEICHNET ...

Z ZIIIPP

OB KOMIYA-SAN ZURECHTKOMMT ...?

EINE MAUS ...?

SLIP

NEZU-SAN!

AH!

KAPITEL 6 ENDE

ICH BIN NEZU, DIE ... STOFF-MAUS! ICH GEHÖRE TANTE KOMIYA!

GUTEN TAG, MIO-CHAN!

UND GANZ NE-BENBEI KANN ICH NOCH LORBEEREN EINHEIMSEN ... DAS IST WIE-DER TYPISCH NEZU-SAN!

ABER UNGLAUB-LICH, DASS DU BAUCHREDEN KANNST, KO-MIYA-SAN!

PAAAAAH

DAS IST EIN STOFF-TIER?! SO LE-BENSECHT?!

WIR SIND DAMIT DURCHGE-KOMMEN ...!

108

... WILL MIT NE-ZU-SAN SPIE-LEN!

ICH ...

NEZU-SAN ...

ÄH, AH ...

NA KLAR!

JUCHHU!

...

WAS MEINST DU, NE-ZU-SAN ...?

WEDEL

NEZU-CHAN, JETZT GIBT'S WAS SÜSSES!

DIE AUSRE-DE MIT DEM BAUCHREDEN IST EIGENTLICH ZIEMLICH PRAK-TISCH ...

OH! ICH FINDE, DER PRÄSIDENT HAT DAS SEHR GUT AUSGESUCHT!

IMMER DAS GLEICHE IST DOOF!

...

BEI OPA GIBT'S DAS IMMER!

OH! IN DER TÜTE SIND SCHOKO-MARSHMALLOWS UND KRÄCKER!

ICH AUCH!

DAS MAG ICH!

WAS SOLL DAS SEIN?

... MARSHMALLOW-KRÄCKER-SANDWICH?

KOMM, WIR PROBIEREN ES AUS!

NA GUT, MIO-CHAN, WIE WÄRE ES DENN MIT EINEM ...

HÄ?!

KANN ICH AUF EINS EIN GUMMIBÄRCHEN LEGEN?

OKAY, DAS IST DANN RUSSISCH ROULETTE.

... UND LEGST IHN AUF EINEN KRÄCKER. DANN KOMMT ES IN DIE MIKROWELLE.

DU ZIEHST DEN MARSHMALLOW ETWAS AUSEINANDER, SODASS DIE SCHOKOLADE ETWAS HERAUSKOMMT ...

ZUPF

ZUPF

WENN SICH DER MARSHMAL-LOW NACH 10 BIS 20 SEKUNDEN IN DER MI-KROWELLE AUFBLÄHT, AUSMA-CHEN.
BLORP
WAH! ES BLÄHT SICH AUF!
DU NIMMST IHN HER-AUS ...
... UND LEGST UNTEN UND OBEN EINEN KRÄCKER DRAUF ...
BRUTZEL
FERTIG SIND DIE MARSHMAL-LOW-KRÄCKER-SANDWICHES!

GLÜCK
GLÜCK

MAN KÖNNTE EWIG WEITERFUTTERN!

ES SCHMECKT SO KÖSTLICH, SÜSS UND SALZIG ZUGLEICH ...

IN ETWA EINER HALBEN STUNDE MÜSSTE DER PRÄSIDENT SIE ABHOLEN KOMMEN ...

HEY, KOMIYA-SAN!

ガン 集中

TOTAL KONZENTRIERT

JA!

WÄRE TOLL, WENN DAS GANZE MIT DIESER SCHÖNEN ERINNERUNG ÜBER DIE BÜHNE GEHEN WÜRDE, NICHT WAHR?

TAST

HM?

TUSCHEL

H-HAST DU IN DIE HOSE GEMACHT, MIO-CHAN ...?

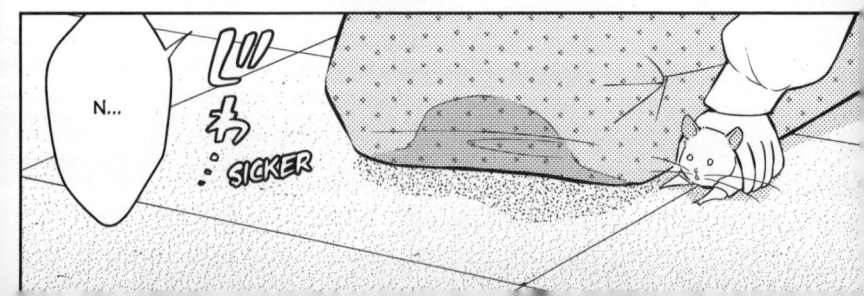

N...

SICKER

SIE HAT SICH IN DIE HOSE GEMACHT!!!

NEIN, HAB ICH NICHT.

GRUMMEL

ICH GLAUBE, IM ERDGESCHOSS GIBT ES EINE MEHRZWECK-TOILETTE, DA SOLLTEN WIR HINGEHEN!

SCHWITZ SCHWITZ

S-SOLLEN WIR AUFS KLO GEHEN?

AHA HA

GUT, DASS DER AUFZUG SO NAH IST!

KLICK KLICK KLICK

MAKASE-SAN!!!

IN DIESEM MOMENT HAT KO-MIYA-SAN WAHR-SCHEINLICH VERMUTET ...

STINKT ES HIER IRGEND-WIE?

NANU?

... DASS MIO-CHAN VERLETZT WERDEN KÖNNTE.

HÄ?

STÜRM

I-ICH GEHE MIT IHR DIE TREPPE RUNTER!

WIR TREFFEN UNS AN DER TOILETTE IM ERDGE-SCHOSS ...!

MINAMI-SAN TRÄGT HOHE ABSÄT-ZE, SIE NIMMT BESSER DEN AUFZUG ...

KO-MIYA-SAN?!

TRAPP

TRAPP

TRAPP

FERTIG MIT BABY-SITTEN?

NANU?

? ?

WARUM FÄHRT SIE NICHT MIT DEM AUF-ZUG?

ÄHM ...
ÄHM ...

DU, WARUM HAST DU MICH AUF DEN ARM GENOMMEN UND BIST GERANNT?

SCHON GUT ...

ENTSCHUL-DIGE, DASS ICH DICH EINFACH MITGE-NOMMEN HABE ...

I-ICH WOLLTE EIN BISSCHEN SPORT MA-CHEN ...

... VERHAL-TEN VON KOMIYA-SAN WIRKLICH VERSTEHT.

ICH BIN DER EIN-ZIGE, DER DIESES ...

TRAPP TRAPP

KH

118

ICH SCHÄTZE, WEIL MAN ES RIECHEN KONNTE?

... DAFÜR SORGEN, DASS ES IMMER MEHR MENSCHEN GIBT ...

ICH GLAUBE ABER, DASS DIESE WIEDERKEHRENDEN SITUATIONEN ...

WIR WOLLTEN GERADE ZUR TOILETTE IM ERDGESCHOSS, WEIL MIO-CHAN SICH IN DIE HOSE GEMACHT HAT, ABER ...

... AUS UNERFINDLICHEN GRÜNDEN HAT KOMIYA-SAN DIE TREPPE GENOMMEN.

... DIE KOMIYA-SAN VERSTEHEN.

DAS KANN DURCHAUS SEIN, ABER ...

... MÖGLICHERWEISE WOLLTE SIE AUCH VERMEIDEN, DASS MIO-CHAN SICH BLOSSGESTELLT FÜHLT.

ICH GEHE SACHEN ZUM UMZIEHEN FÜR MIO-CHAN KAUFEN.

ALSO DANN ...

ÄHM ... JA

UND AN DER SITUATION HÄTTE MAN JA AUCH NICHTS MEHR ÄNDERN KÖNNEN, ODER?

SELBST WENN! SIE IST EIN KIND UND VERSTEHT SOWIESO NICHTS.

RATTER

HUHU, DA BIN ICH WIEDER!

ICH HAB DIR ETWAS ZUM UMZIEHEN MITGEBRACHT, MIO-CHAN!

HEHE

KEINE SORGE, DAS HOLE ICH MIR VOM PRÄSIDENTEN ZURÜCK!

WAS?!

SO STARK...

U-UND DAS GELD?

DAS IST MEGA SÜSS!

WIE NE-ZU-SAN...

BLAMM

OH, ICH BRINGE NOCH MEIN MAKE-UP IN ORDNUNG! GEHT SCHON VOR!

VER-STAN-DEN!

DER PRÄSIDENT MÜSSTE DEMNÄCHST DA SEIN. SOLLEN WIR LOS?

SPIELT BALD WIEDER MIT MIR!

BYE BYE!!!

AH ... DAS GUMMI-BÄRCHEN ...

I-IST JA KÖSTLICH ...

DAS RUSSISCH ROULETTE ...

BÖÄÄÄRCKS

KOMM MAL WIEDER ZUM SPIELEN VORBEI!

BYE BYE!

ÄHM ...

DAS MUSST DU BEI DER JAHRESAB-SCHLUSSFEIER ZUM BESTEN GEBEN! ICH LASS DICH EINTRAGEN!

UNGLAUB-LICH, WIE GUT DU BAUCH-REDEN KANNST, KOMIYA-KUN!

BYE BYE, MIO-CHAN!

KAPITEL 7 ENDE

WIE HÜBSCH!

ES WURDE SCHON WIEDER SAUBERGEMACHT.

AH!

... BIN ICH OHNE NEZU-SAN UNTERWEGS.

HEUTE AM SONNTAG ...

*FAMILIE YOSHIDA

ICH KOMME WIEDER, OMA!

TSCHUPP

*MANJU = GEDÄMPFTER HEFEKLOSS

ZUPF

ZUPF

Quitten-Manju

ST

NIBBEL

NIBBEL

DER QUIT-
TEN-MANJU IST
DIESES JAHR
WIEDER SEHR
LECKER, TAMI-
KO-SAN!

FUWAH

ZUCK

ÄCHZ

ICH HABE EINEN KLEINEN GAST!

SCHWUPP

LÄCHEL

SCHRECK

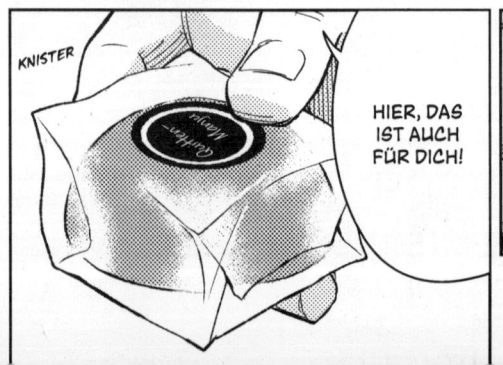

KNISTER

HIER, DAS IST AUCH FÜR DICH!

128

KNISTER

PLINNNG

KNISTER

HUCH,
DU BIST
WIEDER
DA?

NA SOWAS!
WAS BIST
DU FÜR EINE
SCHLAUE
MAUS!

ST

MACH MAL
SO, DANN
BEKOMMST
DU DEN
AUCH!

ST

ICH BIN TAMIKO.

WO KOMMST DU HER?

KANNST DU MIR DIE SOJASOSSE BRINGEN?

WARUM LEGST DU BEIM KOCHEN EINEN NAGEL IN DEN TOPF?

RINE

DA

MAN

MAN-DA-RI-NE!

ALSO.

ALSO, DAS IST JA ERSTAUNLICH!

DAS IST EIN FREUND VON MIR.

GUTEN TAG!

MITTLERWEI-LE MAG ICH SCHWARZE BOHNEN JEDENFALLS NICHT MEHR.

ALSO ICH WEISS NICHT, WIE LANGE DAS HER IST!

EEEEK!

...NG...

WENN DU FIT GENUG BIST, SCHWARZE BOHNEN ZU KOCHEN, DANN KANNST DU JA WOHL AUCH DIE ZEITU...

GRR

GRR

EINE

MAUU-UUUS!

GRMPF.

... WENN JEMAND ANDERES AUSSER MIR DA IST.

IN ZUKUNFT SOLLTEST DU DICH VIELLEICHT LIEBER VER-STECKEN ...

TSCHILP

TSCHILP

OKAY ...

NATÜR-LICH!

MAMA IST ARBEITEN ...

GUTEN TAG!

OMA!

KANN ICH MIT MEINEN FREUNDIN-NEN BEI DIR SPIELEN?

PSSST

TRAPPEL

TRAPPEL

ES IST SCHON FÜNF UHR!

... HELFT MIR DOCH BEIM AUF-RÄUMEN!

HEY ...

ICH FINDE MEINE MIC-CA-PUPPE* NICHT ...

HÄÄÄ? GLEICH!

IEKS

IEKS

*ANSPIELUNG AUF DIE PUPPENMARKE »LICCA-CHAN«

134

TRAPPEL
TRAPPEL
AH, MAMA IST DA, UM UNS ABZUHOLEN!
WIR GEHEN!
WAS ...?
KULLER
RUTSCH
RUTSCH
ÄCHZ
BLINZEL
DANKE, KLEINE MAUS!
HIER, ZUM DANK!

DU SIEHST ABER SCHICK AUS!

HUCH, NEZU-SAN!

TAMI-KO-SAN...

KANNST DU MIR LESEN BEIBRINGEN?

MITTLERWEILE MAG ICH SCHWARZE BOHNEN JEDENFALLS NICHT MEHR.

ALSO ICH WEISS NICHT, WIE LANGE DAS HER IST?

...

ICH MÖCHTE TAMIKO-SAN ZUM DANK AUCH EINE FREUDE BEREITEN.

ICH HABE EINE JACKE BEKOMMEN.

VON OBEN NACH UNTEN „A", „I", „U", „E", „O" ...

NACH-BAR SU-GI-SAN! GUTEN TAG!

GUTEN TAG!

JETZT ÜBST DU ALSO LESEN?

SÄUSEL

SÄUSEL

UND ALS NÄCHSTES MÖCHTE ER SCHREIBEN LERNEN.

OHO! DAS IST JA ERSTAUN-LICH!

JA, NEZU-SAN HAT LESEN GELERNT!

KLACKER

TAMIKO-SAN!

AH!

IRGENDWANN MÖCHTE ICH MIR BRIE-FE MIT IHM SCHREIBEN ...

TOCK

... UND MEINER TOCHTER FALLE ICH AUCH ZUR LAST ...

ICH HABE MIR DEN FUSS VERSTAUCHT ...

ICH DENKE DARAN, IN EIN ALTERSHEIM ZU ZIEHEN.

ICH WERDE MEINE BRIEFE AN DIESE ADRESSE SCHICKEN. WIRST DU SIE LESEN?

DAMIT MEINE TOCHTER NICHT HERAUSFINDET, DASS ICH EINER MAUS SCHREIBE UND DIE BRIEFE WOMÖGLICH EINFACH LIEST ...

... ADRESSIERE ICH SIE AN „NEZU-SAN".

ICH KANN SCHREIBEN!

An Yuko-san
...ch darf mich vors...
...Mein Name ist N...

KNISTER

GENAU! ICH SCHREIBE AUCH AN TAMIKO-SAN ...!

»IRGENDWANN WÜRDE ICH MIR GERNE BRIEFE MIT IHM SCHREIBEN ...«

RASCHEL

ICH LEGE DEN ZETTEL AN EINE STELLE, WO SIE IHN FINDET ...

OB BRIEFE VON HIER AUS NICHT ZU IHR GELANGEN ...?

ER IST NICHT ANGE-KOMMEN ...

NANU ...

KRUIIIK

Tamiko-san

IN LETZTER ZEIT KOMMEN AUCH KEINE BRIEFE MEHR VON IHR ...

WO FINDE ICH EIN FOTO VON MAMA ...

TAMI-KO-SANS TOCHTER ...

!

ZUCK

RATTER RATTER

KNISTER

An Yuko-san

Ich darf mich vorstellen.

Mein Name ist Nezu.

h schreibe diesen Brief, weil es

s gibt, das Sie über Tami

n sollten. Es geht ihr

cht gut. Mühe gegeben

ollte, wie Sie sich

arz

AN MICH ... VON „NEZU" ...?

... GEMEINE SACHEN GESAGT ... ES TUT MIR SO LEID ...

ICH HABE MIR KEINE GEDANKEN ÜBER MAMAS GEFÜHLE GEMACHT ... UND ...

NUN IST SIE IM HIMMEL ... UND ICH KANN MICH NICHT MEHR ENTSCHULDIGEN ...

mich vorstellen
e ist Nezu.
Brief, weil
über Tamiko-san
t ihr körperlich
geben, weil sie
h freuen extra
e doch Sie

TROPF

ICH WAR RÜCKSICHTSLOS ...

UND DAS SCHLIMMSTE ... TAMIKO-SAN IST ...

... JETZT GIBT ES NOCH EINEN MENSCHEN MEHR, DER TRAURIG IST ...

ICH DACHTE, WENN IHRE TOCHTER WEISS, WAS IN TAMIKO-SAN VORGEHT, WIRD TAMIKO-SAN FÜR IHRE GÜTE BELOHNT, ABER ...

WENN DU MAGST, DANN KOMM DOCH ZU MIR, WAS MEINST DU?

ES IST SCHRECKLICH TRAURIG, NICHT WAHR?

NEZU-SAN!

142

PUH

DANKE, SHOKO.

JA! OMA HAT GESAGT, ER IST IHR ALLERBES- TER FREUND!

NANU? IST DER BRIEF VON NE- ZU-SAN?

KENNST DU IHN?

NEZU-SAN!

AN OMA?

....HABE ICH SIE ZU OMA GE- BRACHT!

IM BRIEF- KASTEN LAGEN IMMER BRIEFE VON NEZU-SAN, DESHALB ...

ZUCK

SIE HAT SICH UNHEIM- LICH GE- FREUT!

NA SOWAS ...

HA!

HO!

ÄH ...
ÄHM
...

HEUTE HAT KO-MIYA-SAN ...

入学式

*EINSCHULUNGSFEIER

BRODEL
BRODEL

BRODEL

BRODEL

TSCHUPP

AH, NEZU-SAN! WILLKOMMEN ZU HAUSE!

SIND DAS SCHWARZE BOHNEN?!

SCHWARZE SOJABOH-NEN ...

ICH MAG SIE SCHON, SEIT ICH KLEIN WAR.

IRGENDWIE HATTE ICH PLÖTZLICH UNHEIMLICH LUST DARAUF ...

ICH ...

... LIEBE
SIE
AUCH!

KAPITEL 8 ENDE

KAPITEL 9
KOMIYA-SAN ...
... KANN ICH HEUTE MIT DIR ZUSAMMEN MITTAGESSEN?
BLA
BLA
...
J-JA, NATÜRLICH!
YEAH!
MINAMI-SAN?! SIND WIR UNS DURCH MIO-CHAN ETWA NÄHERGEKOMMEN?!
WEISST DU, ICH MAG MAKASE-SAN!
PRFFT

TORKEL

?

HUST HUST

MAKASE-SAN AUS DEM VERTRIEB!

E-ENT-SCHULDIGUNG, WEN ...?

ER IST SO UNHEIMLICH NETT, FINDEST DU NICHT?

D-DARF ICH FRAGEN, WAS DU AN IHM ...

ÄH ...

... UND HAT DADURCH EIN GUTES ANSEHEN BEI DEN VORGESETZTEN.

... ER HILFT ANDEREN DABEI, VISITENKARTEN ZU ORDNEN ...

DAS PASST MIR GERADE SEHR GUT ... ICH WOLLTE SIE IMMER SCHON DIGITALISIEREN ...

KH...

KNIPS

DABEI HABE ICH IHM GEHOLFEN!

DEUMM

HIER!

?

... ER NIMMT EINEM SCHWERE SACHEN AB ...

... ÜBERMITTELT NACHRICHTEN ...

??

?!

HÄ?

SAG DU'S IHR!

WENN MAN ETWAS SCHWER ÜBER DIE LIPPEN BRINGT, SPRINGT ER EIN ...

AUF KEINEN FALL.

ALSO ICH MUSSTE FÜR IHN EINSPRINGEN ...!

DU HAST ES AUCH GEMERKT, NICHT WAHR, NEZU-SAN ...?

NANU? HAT SICH DA WAS BEWEGT?

NEIN!!

RASCHEL

ES KÖNNTE SEIN, DASS MAKASE-SAN MICH AUSNUTZT, UM SELBER GUT DAZU-STEHEN!

GRRR...

ABER ...

GNH

... DAS IST JA ALLES NUR PASSIERT ...

... WEIL ICH ES NICHT GESCHAFFT HABE, IHM ZU SAGEN, DASS ICH NICHT WILL.

BEIM NÄCHSTEN MAL MUSS ICH ES WIRKLICH SAGEN ...

SCHLÜRF

PRUST

SEIN GESICHT!

MIR GEFÄLLT EINFACH SEIN GESICHT!

ABER GANZ EHRLICH, DAS ALLES IST MIR EIGENTLICH EGAL ...

WA-WAS IST DENN?

OH, DANKE!

HIER, EIN TASCHEN-TUCH.

ICH WAR NUR ÜBER-RASCHT, WEIL MIR DAS ÜBERHAUPT NOCH NICHT AUFGEFAL-LEN WAR ...

HUST HUST

ALLES OKAY?

IHR VER-STEHT EUCH DOCH SO GUT.

WENN DU MAKASE-SAN MAGST, WÜRDE ICH MICH ZU-RÜCKZIEHEN ...

DESHALB WOLLTE ICH DICH VORHER FRAGEN.

DESWE-GEN ...!

ICH MÖCHTE IRGENDWIE NICHT, DASS DAS ZWISCHEN UNS STEHT ...

ICH SOLL MAKASE-SAN ...

HIHI, DA BIN ICH ABER FROH!

DANN WERDE ICH IHM VIELLEICHT DEMNÄCHST MAL MEINE GEFÜHLE GESTEHEN!

NEIN, ICH HABE NICHTS DERGLEICHEN IM SINN!

DU KANNST GANZ BERUHIGT SEIN!

SIE HAT SICH MEINETWEGEN GEDANKEN GEMACHT ...!

UPS, ICH BIN ALSO AUFGEFLOGEN?

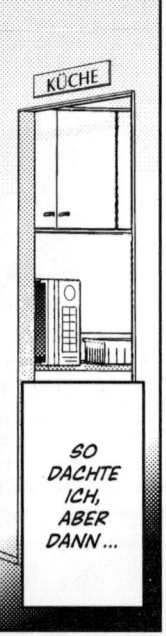

KÜCHE

SO DACHTE ICH, ABER DANN ...

ICH WÜRDE MICH AUCH GERNE MEHR MIT MINAMI-SAN ANFREUNDEN ...

S-SÜSS ... ER WIRD SICHER NICHT NEIN SAGEN!

154

BRITZEL

ICH GEBE ZU, ICH HABE IHNEN DIE UNANGENEHMEN DINGE AUFGEHALST ...

... UND MICH BEI ANDEREN BELIEBT GEMACHT.

ABER NICHT, DAMIT ICH PERSÖNLICH GUT DASTEHE.

UM ÄRGER ZU VERMEIDEN, LASSE ICH UNANGENEHME DINGE LIEBER DURCH EINE GEEIGNETE PERSON AUSRICHTEN.

AUF DIESE WEISE GEHEN DIE LEUTE MIT SCHLECHTEN NACHRICHTEN BESSER UM.

ICH MEINE, DIE MENSCHEN HABEN UNTERSCHIEDLICHE CHARAKTERE, ES GIBT CLIQUEN USW, NICHT WAHR?

ICH MACHE DAS ALLES NUR, DAMIT IN DER FIRMA ALLES REIBUNGSLOS LÄUFT!

DANKE!

UND ES KOMMT BEI VORGESETZTEN GUT AN.

DURCH DAS ORDNEN VON VISITENKARTEN BEKOMMT MAN ZUGRIFF AUF DIE KONTAKTE VON KOLLEGEN, WAS SEHR NÜTZLICH SEIN KANN.

ER IST ALSO JEMAND, DER SICH TATSÄCHLICH SOLCHE GEDANKEN MACHT?!

DAS IST EINE ÜBERRASCHUNG!

LEUCHT

ER ...

... MICH GESTRÄUBT HABE, UM NICHT AUSGENUTZT ZU WERDEN ...

SCHLIESSLICH BIN ICH IN DER ABTEILUNG FÜR ALLGEMEINES ...

IRGENDWIE KOMMT ES MIR JETZT EGOISTISCH VOR, DASS ICH ...

ER MACHT ES FÜR DIE FIRMA ...

WAS DAS BETRIFFT ... SIE, KOMIYA-SAN ...

SIE MUSS IHM SAGEN, ER SOLL TUN, WAS ER WILL, ABER SIE DABEI RAUSHALTEN!

PATSCH

PATSCH

NEIN!

SIE LÄSST SICH WIEDER EINWICKELN!

SCHRECK

156

AH!

AUSSERDEM HABE ICH DEN EINDRUCK, DASS SIE EIN HILFS- BEREITER MENSCH SIND ...

... SIND SIE IN IHRER POSITION PERFEKT GEEIG- NET.

... GEHÖREN ZU KEINER CLIQUE UND BEHAN- DELN ALLE GLEICH, DARUM ...

?

ICH WÜRDE SIE GERNE UM ETWAS BITTEN!

ICH MÖCHTE VERMEIDEN, DASS MIN- AMI-SAN MIR IHRE GEFÜHLE GESTEHT.

IN LETZTER ZEIT BENIMMT SIE SICH GANZ ANDERS ...

WAS?

... UND FLUNKERN SIE IHR BEILÄUFIG VOR ...

... DESHALB SEIEN SIE BITTE SO NETT ...

WENN ICH SIE ABWEISE, WIRD ES UNANGENEHM ...

... ICH HÄTTE EINE FREUNDIN ODER SO, BEVOR ES DAZU KOMMT.

WAS?

MI!

MI!

MI!

MINAMI-SAN?!

STÜRM

ICH SOLLTE IN DER KÜCHE NICHT MEHR REDEN.

KNALL

TRAPP

TRAPP

WA-WAS SOLL ICH NUR SAGEN ...

AH ...

MI-MINAMI-SAN ...

STÜRM

ER HAT BEMERKT, DASS ICH ES VORHATTE ...

WIE PEINLICH ...

WÜRDEST DU ... MICH EINEN MOMENT ALLEIN LASSEN?

ARCHIV

KLICK

SCHLURF
SCHLURF

KLACK

RUTSCH

RUTSCH

BLAMM

S-SO HABE ICH SIE NOCH NIE ERLEBT ...

I-ICH WÜNSCHTE, SIE WÜRDEN MICH EINFACH ARBEITEN LASSEN ...

WARUM IST ES IN EINEM BÜRO SO KOMPLIZIERT?

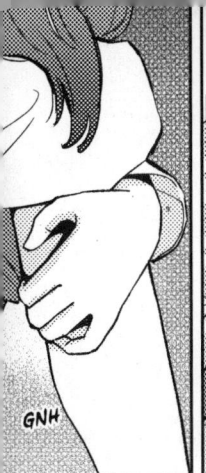

GNH

ICH ...

... WOLLTE DOCH NUR NICHT, DASS ICH WIEDER MIT JEMANDEM PROBLEME BEKOMME.

DAS SIEHT DIR NICHT ÄHNLICH!

WENN ...

... ES IMMER SO LÄUFT, IST ES BESSER, SICH MIT NIEMANDEM MEHR EINZU- LASSEN ...

...

WAS MACH ICH DENN NUR ...

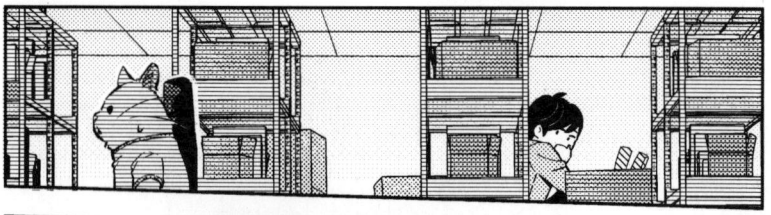

KO ...

KOMIYA-SAN UND EINE MAUS ...?

KAPITEL 9 ENDE

IM KÜHLSCHRANK HART WERDEN LASSEN
PENG!
HA!
SLLLLLRRRR
TRIPPEL
TRIPPEL
ST
TSCHUPP

SIEHT AUS, ALS HÄTTE SIE SCHON WAS GEMERKT ...

ÄHM ...

AH, NEIN, SCHON GUT.

... IST HEUTE VIEL-LEICHT ...

ICH MÖCHTE HEUTE KOMIYA-SANS GE-BURTSTAG FEIERN ...

KÖNNTEST DU SIE AUS DEM HAUS LOCKEN?

MOR-GEN?! M...

ER HAT MICH GES-TERN NACH MEINEM GE-BURTSTAG GEFRAGT, DARUM ...

ABER ...

I-ICH WUSS-TE ES!!

DIE MAUS WILL HEUTE DEINEN GEBURTSTAG FEIERN.

NA GUT, ICH VER-RAT'S DIR.

SORRY, MAUS.

ENTSCHUL-DIGE ...

ICH WÜRDE GERN IN EIN BESTIMMTES GESCHÄFT GEHEN ...

DAS WEISS ICH DOCH NICHT!

U-UND DU, NEZU-SAN?

FLITZ

L-LE-CKER...

NOVEM

WOLLEN WIR NICHT FESTLEGEN, DASS DU AM GLEICHEN TAG GE-BURTSTAG HAST WIE ICH?

...!

MUCKELIGE

WINTERJACKE

EIN GE-SCHENK.

!

Ä-ÄHM...

ICH HAB AUCH ET-WAS FÜR DICH...

KRAM

?

HERZ-LICHEN GLÜCK-WUNSCH, IHR ZWEI!

JA!

BONUS STORY GEBURTSTAG ENDE

WÄHREND DU FLEISSIG ARBEITEST
...

... SIEHT ER SICH VIDEOS AN?!

DAS KANN DOCH NICHT WAHR SEIN?!

STÜRM

WAS?!

TSCHUPP

ER SIEHT SICH KEINE VIDEOS AN.

ES TUT MIR LEID, DASS ICH IHN VERDÄCHTIGT HABE ...

WAS? UND WAS IST DAS FÜR EIN GERÄUSCH ...?

NESTEL NESTEL

DAS IST SEINE PFEIFENDE NASE.

DIE SCHNAUFER DES ABTEILUNGSLEITERS ...

MIAAA

Slice of Life

Eri Takenashi
NIJI & KURO

Für Studentin Kuro ist alles im Leben entweder Schwarz oder Weiß. Leider bringt sie diese Vereinfachung der Dinge immer wieder in Schwierigkeiten und führt schließlich sogar dazu, dass sie ihren Job in einem Café verliert. Frustriert macht sie sich auf den Weg nach Hause – und dabei eine merkwürdige Entdeckung: Auf der Straße steht ein Käfig, in dem sich eine kleine, bunt schillernde Kreatur befindet! Sie ahnt nicht, dass das niedliche Geschöpf ihr Leben für immer verändern wird …

Niji & Kuro
Band 1 ISBN 978-3-7555-0102-2
€ 8,50 [D]

MANGA
漫画

www.egmont-manga.de

EGMONT

EGMONT

www.egmont-manga.de
facebook.com/EgmontManga
instagram.com/EgmontManga
twitter.com/EgmontManga

Slice of Life

Gin Shirakawa

EINE GESCHICHTE VON SIEBEN LEBEN

Wie jeden Tag sind die Straßenkatzen Nanao und Machi auf der Suche nach einem warmen Schlafplatz. Zufällig finden sie Unterschlupf in einem staubigen Abstellraum im Haus einer jungen Frau. Diese hat allerdings nicht nur panische Angst vor den Vierbeinern, sondern kann sie auch absolut nicht ausstehen! Doch noch während sie die beiden Katzen davonjagt, entdeckt sie etwas seltsam Vertrautes an dem schwarz-weißen Nanao …

In drei Bänden abgeschlossen

Eine Geschichte von sieben Leben 01
ISBN 978-3-7704-4286-7
€ 7,50 [D]

www.egmont-manga.de

MANGA 漫画

EGMONT

EGMONT

www.egmont-manga.de
facebook.com/EgmontManga
instagram.com/EgmontManga
twitter.com/EgmontManga

Romance

Maka Mochida
MEINE KOLLEGIN, IHR BESEN UND ICH

Das Leben als Angstellter ist nicht immer einfach, doch Misono freut sich trotzdem jeden Tag aufs Büro. Denn er arbeitet gemeinsam mit Shizuka, einer besonders freundlichen und hilfsbereiten Kollegin - und Hexe! Mit ihrer Alltagsmagie steht sie ihren Mitmenschen immer zur Seite und erledigt machen unliebsamen Job. Doch Misono macht sich Gedanken, dass Shizukas gutherzige Art von anderen ausgenutzt wird, und beschließt, sich ab sofort für sie einzusetzen! Hat er nur einen ausgeprägten Gerechtigkeitssinn, oder könnte mehr hinter seiner Sorge stecken?

Meine Kollegin, ihr Besen und ich
Einzelband ISBN 978-3-7704-4356-7
€ 14,00 [D]

Zauberhafte Romantik in einem 2-in-1-Band!

www.egmont-manga.de

MANGA
漫画

EGMONT

www.egmont-manga.de
Unsere Bücher findest du im
Buch- und Fachhandel und auf

EGMONT
📖 **Shop**

www.egmont-shop.de

„Maus sei Dank" von Hamasaki
Aus dem Japanischen von Antje Bockel
Originaltitel: „Nezu-san no Ongaeshi" Vol. 1

Originalausgabe:
Nezu-san no Ongaeshi Vol. 1
©Hamasaki 2021
First published in Japan in 2021 by KILL TIME COMMUNICATIONS, Tokyo.
German translation rights arranged with KILL TIME COMMUNICATIONS, Tokyo,
through TOHAN CORPORATION, Tokyo.

Deutschsprachige Ausgabe erschienen bei
© 2024 Egmont Manga
verlegt durch Egmont Verlagsgesellschaften mbH,
Ritterstraße 26, 10969 Berlin

1. Auflage 2024
Verantwortliche Redakteurin: Manuela Rudolph
Lektorat: Stine Svenja Fahrich
Gestaltung: Kitsune Design (Jennifer Lange)
Koordination: Angelika Schönhuber
Printed in the EU
ISBN 978-3-7555-0341-5

Die Egmont Verlagsgesellschaften gehören als Teil der Egmont-Gruppe zur
Egmont Foundation - einer gemeinnützigen Stiftung, deren Ziel es ist, die sozialen,
kulturellen und gesundheitlichen Lebensumstände von Kindern und Jugendlichen zu
verbessern. Weitere ausführliche Informationen zur Egmont Foundation unter
www.egmont.com

SUTOPPU!

Koko wa kono manga no owari dayo.
Hantaigawa kara yomihajimete ne!
Dewa omatase shimashita!
Tanoshii hitotoki wo dozo!

Egmont-Manga-Chiimu

STOPP!

Das ist der Schluss des Mangas.
Fangt bitte am anderen Ende an!
Und nun genug der Vorrede,
viel Spaß beim Lesen!

Euer Egmont-Manga-Team